Este libro
PERTENECE a:

_____

_____

ALFAGUARA

© Del texto: 2003, Yolanda Reyes
© De las ilustraciones, Ivar Da Coll
© De esta edición:
  2007, Distribuidora y Editora Aguilar, Altea, Taurus, Alfaguara, S.A.
  Calle 80 No. 10-23
  Teléfono (571) 639 60 00
  Telefax (571) 236 93 82
  Bogotá – Colombia

• Aguilar, Altea, Taurus, Alfaguara, S.A.
Av. Leandro N. Alem 720 (1001), Buenos Aires
• Santillana Ediciones Generales, S.A. de C.V.
Avda. Universidad, 767. Col. Del Valle,
México D.F. C.P. 03100
• Santillana Ediciones Generales, S.L.
Torrelaguna, 60.28043, Madrid

ISBN 978-958-704-540-6
Impreso en Colombia

15 14 13 12 11   1 2 3 4 5 6 7 8 9

Diseño de la colección:
Manuel Estrada

Una cama para tres

Yolanda Reyes

Ilustraciones de Ivar Da Coll

ALFAGUARA

Para Helena, Sara y Francisca
(pero cada una en su propia cama)...
y para las señoritas Morales
(pero en recreo).

Hacía muchas pero muchas noches que Andrés no quería irse a la cama. Tenía miedo de las pesadillas.

Mamá lo llamaba desde la ventana:

—Andrés, a la casa.

Andrés daba vueltas en la rueda-rueda.

—Andrés, a comer.

Andrés revolvía la sopa con la cuchara.

—Andrés, lávate los dientes.

Andrés recorría con el cepillo todos los dientes, hasta que quedaban relucientes.

—Andrés, la piyama.

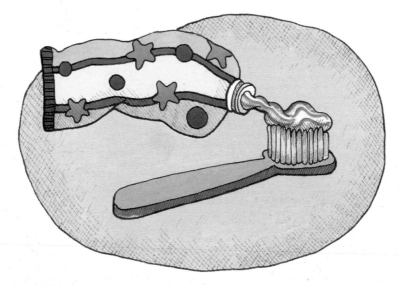

Andrés se enredaba entre el pantalón.

—Andrés, a la cama.

Andrés hacía un nudo con las cobijas, hasta que mamá lo desenredaba.

—Pero antes de dormir, cuéntame un cuento.

Y mamá le contaba un cuento.

—Y colorín colorado, este cuento se ha acabado —decía la voz de mamá, cuando Rizos de Oro salía corriendo por el bosque.

Pero Andrés necesitaba más cuentos.

Mamá seguía con Caperucita Roja. Y lo contaba larguísimo para que a Andrés le diera sueño:

—La mamá de Caperucita mandó una canasta llena de cosas para la abuelita. ¿Quieres saber qué cosas llevaba Caperucita?

—¿Qué llevaba? —decía Andrés.

—Una botella de leche, unas tortitas de miel y galletas de vainilla.

—¿Y qué más?

—Un cuarto de mantequilla, una docena de huevos y media libra de harina.

—¿Y qué más? —volvía a preguntar.

—Sal, pimienta y nuez moscada… y un litro de limonada…

—¿Y qué más?

—Una esponja, un estropajo y jabón para los platos —seguía la voz de mamá, por todo el supermercado.

Andrés bostezaba de aburrimiento. Pero ni por eso se dormía.

—Esto es verdad y no miento y por hoy se acabaron los cuentos —decía mamá, también aburridísima con la historia.

Nunca era suficiente. Andrés quería más cuentos.

—El último, por favor.

Entonces mamá, desesperada, le contaba un cuento que es sólo contar ovejas. Y contaba diez ovejas y contaba veinte ovejas y llegaba hasta cincuenta, pero Andrés quería seguir con las cuentas.

Hasta que mamá se quedaba ronca y furiosa. Con una voz muy feroz, exclamaba:

—¡Te duermes inmediatamente y ni una oveja más!

Mamá apagaba la luz. Así, sin luz y sin voces, la noche parecía más sola.

—Mamá, ¿por qué se hace de noche y luego de día y luego otra vez de noche y luego otra vez de día?

—Porque sí —decía mamá.

Porque sí no significa nada, pero a mamá no le importaba. Quería irse a dormir a su cama. Y al fin desaparecía.

Andrés se quedaba solo. Solo con la noche, temblando de miedo. En ese mismo momento, veía a un dragón asomado a la ventana.

Andrés se tapaba la cara con las cobijas. Pero al dragón no le importaba y se metía en el cuarto.

El dragón se movía detrás de la cortina. Andrés se hacía el que no lo había visto. Pero el dragón se sentaba a la orilla de la cama.

Andrés cerraba los ojos para no mirar, hasta que se dormía de verdad.

Entonces el dragón se metía entre sus sueños y lo perseguía por un laberinto. Justo cuando iba a atraparlo, Andrés veía la salida. Ahí afuera lo esperaba papá, que parecía un dragón despeinado, a punto de escupir fuego.

—¡Auxilioooo, socorro!... ahí viene y me atrapa —gritaba Andrés.

—¿Quién viene y te atrapa? —preguntaba papá.

—Un dragón feroz que escupe fuego.

—Los dragones no existen. Vuelve ahora mismo
a tu cama y no te levantes... hasta mañana.

—¿Puedo dormir con ustedes?

—¡Ni lo sueñes!... No hay sitio para los tres.

Siempre era la misma historia. Ya nadie sabía
qué hacer.

La abuela le preparó agua de lechuga con
manzana, yerbabuena y mejorana.

Mamá le dio tres gotas de Impaciencia.

El doctor Astro le hizo un examen de sueño, le
recetó un jarabe y mandó a los papás al consultorio
de la señorita Morales, que era una profesora
experta en pesadillas:

—¿Tres en la cama? ¡Eso está muy mal! —opinó
la señorita Morales—. Si lo dejan una noche, ahí se
les va a quedar.

—Se nota que esa profesora sólo sabe dar clases
—se quejaba mamá—. La cosa no es tan sencilla.

—Si yo descubro una receta contra las
pesadillas, la empaco en un frasquito y la vendo en
los supermercados.

«Y nos hacemos millonarios, porque todos los papás del mundo van a querer comprarla», soñaba papá.

Pero al dragón no lo espantaban los remedios ni los proyectos ni los regaños, sino todo lo contrario. Su trabajo era asustar. Se sentía la pesadilla más feroz de la ciudad.

—¡Auxilio, socorro! Ahí viene y me atrapa —gritaba Andrés.

—Ahora tienes que ir tú —refunfuñaba papá.

—Yo fui hace media hora —protestaba mamá—. Tú tienes que ir esta vez.

Así pasaban las noches. De su cama a la de Andrés. Una y otra y otra vez.

Hasta que una noche helada, con rayos y tempestad, papá y mamá se rindieron.

—¿Puedo dormir en su cama?

—Con este frío, no es mala idea. Que decida tu mamá.

—Está bien —dijo mamá—. Una noche, ¡qué más da!

Y se pusieron de acuerdo. Era la primera vez.

Andrés se acomodó en medio de la cama grande. Calientico y delicioso entre papá y mamá. Primero estiró una pierna y luego estiró la otra. Después soñó que era un avión y abrió los dos brazos, como si fueran alas. La pobre mamá ya estaba en un bordecito, colgando de las sábanas, y el pobre papá hacía equilibrio, con sus piernas enormes fuera del colchón.

—Ya no aguanto más patadas —dijo papá. Y se fue, refunfuñando, para la cama de Andrés.

—Aquí sí voy a dormir. Esta cama es muy pequeña pero es sólo para mí.

Y cuando estaba a punto de cerrar los ojos, le pareció ver una sombra.

Una sombra... ¿de dragón?

—Los dragones no existen —se dijo papá a sí mismo, con voz fuerte, de regaño.

Al dragón, ya lo sabemos, le encantaban los regaños.

Por eso no se inmutó. Y se quedó muy callado
junto a los pies de la cama, esperando... y
esperando.

Papá empezó a roncar muy despacio. Un
ronquido y un silbido.

El dragón se fue acercando. Dos ronquidos,
dos silbidos.

El dragón se recostó. Y puso su gran cabeza en
la almohada... ¡de papá!

Tres ronquidos, tres silbidos.

El dragón contó hasta diez. Diez ronquidos, diez silbidos.

Y se metió al laberinto de los sueños de papá.

—¡Qué laberinto más espantoso! Hoy lo voy a recorrer.

Y si me queda gustando, cada noche volveré.

Al cabo de un rato, sonaron los alaridos. Y papá llegó a la cama, corriendo despavorido:

—¡Auxilioooo, socorro! Ahí viene y me atrapa.

—¿Quién viene y te atrapa? —preguntó mamá.

—Un dragón feroz que escupe fuego —dijo papá, un poquito avergonzado.

—No lo puedo creer: ¿tan grande y con pesadillas? Voy a traerte unas gotas de Rescate.

—¿Puedo dormir con ustedes? —suplicó papá.

—¿Una cama para tres? Si tú siempre has repetido que es una incomodidad...

—¿Yo siempre lo he repetido?... Pero, ¡qué barbaridad!... Esta cama es gigantesca. Aquí caben tres... o más.

Y colorín colorado, papá y Andrés se han dormido calienticos y abrazados.

Mamá también se ha dormido, encogida en un rincón.

Y el dragón, muerto de frío, se pasó, de madrugada, a la misma habitación.

Si caben tres en la cama, caben cuatro... ¿Por qué no?

andrés

El dragón

EL DRAGÓN DE ESTA PESADILLA
NOS DEJÓ IMPRIMIR
ESTE LIBRO EN LOS TALLERES
GRÁFICOS DE D'vinni S.A.
EN BOGOTÁ, COLOMBIA